i

imaginist

想象另一种可能

理
想
国
imaginist

木心全集

云雀叫了一整天

木心

上海三联书店

图书在版编目（CIP）数据

云雀叫了一整天 / 木心著 . —上海：上海三联书店，
2020.5（2025.8 重印）
（木心全集）

ISBN 978-7-5426-6897-4

Ⅰ . ①云… Ⅱ . ①木… Ⅲ . ①诗集－中国－当代
Ⅳ . ① I227

中国版本图书馆 CIP 数据核字 (2019) 第 260584 号

云雀叫了一整天

木心 著

责任编辑 / 殷亚平
特约编辑 / 曹凌志　雷　韵
装帧设计 / 陆智昌
制　　作 / 陈基胜　马志方
监　　制 / 姚　军
责任校对 / 张大伟

出版发行 / 上海三联书店
　　　　　（200041）中国上海市静安区威海路755号30楼
邮　　箱 / sdxsanlian@sina.com
联系电话 / 编辑部：021-22895517
　　　　　　发行部：021-22895559
印　　刷 / 山东京沪印刷科技有限公司

版　　次 / 2020 年 5 月第 1 版
印　　次 / 2025 年 8 月第 11 次印刷
开　　本 / 787mm×1092mm　1/32
字　　数 / 39千字
图　　片 / 2幅
印　　张 / 8.25
书　　号 / ISBN　978-7-5426-6897-4/I · 1567
定　　价 / 66.00元

如发现印装质量问题，影响阅读，请与印刷厂联系：0533-8510898

1987 年纽约东村

素描旅者

廿五岁的那年的春天
我在诏要里作素描旅者
也就是背负行囊进出旅店
装作研究画道，观察风景
些爱些虑，不知明天做什么
徒步，走为了一湾小溪
入店，忽闻到油炸薯条的香味
幽会，在长满樱草的土坑裡
田野，森林，日出，晚霞，月光
我遊荡在依波尔和艾特乐堡之间
海岸高而直，像巍巍的城墙
跑着细软的茸草，步行放歌
遠望珠绿的海，棕色的帆船
茂盛的野菊和罂栗花
村裡有座颓时的尖顶钟楼
海鸥绕着我，大声叫
同时还可以坐在一处乳地
俯身啜饮治瘟鼻尖和鞴子的泉水
确实像接吻那样，地销魂
随任自己去猜像坐在和谁接吻

云雀叫了一整天

目 录

甲 辑

乙　辑

甲

辑

大 心 情

文艺复兴是一种心情

此心情氤氲了整个欧罗巴

别的盛衰可依其行为而踪迹之

文艺复兴至今言犹在耳事犹在身

虽然不会再来虽然是这样

火车中的情诗

冬季一月

从佩鲁迦搭火车

到西西里、巴勒莫

那青年坐在我对面

他是假期来罗马会女友的

双方的父母都反对这个交往

他掏出自己写的情诗念给我听

我赞赏，我说：罗密欧与朱丽叶

爱才是生命，然后生命才能爱

我想莎士比亚的原意如此

他点点头，小声道：我要对她说的

哭

那年的一月

自二十二日起

全英国晴旱无雨

干燥造成噩梦样的气雾

圣朱理奥教堂附近

冬天尤其显得壮阔

白鸽，乌鸦，灰海鸥

巨石屹立岸边

海浪猛击悬崖

蹿跃好几百尺，化为白沫

另有一类鬼怪样的飞鸟扑来

这里的花都是深紫色的

我倒并不悲伤

只是想放声大哭一场

（哈代）

格瓦斯

1959 年

北京

莫斯科餐厅

吃罢通心粉、奥洛夫小牛肉

添了一杯格瓦斯

在俄国小说中、苏联电影中

屡次见闻过格瓦斯

灰褐色，凉凉的，涩

一点也不好吃

平民性格，刚毅木讷

不仅爱，而且是爱上了

我们是小说的儿子

我们是电影的儿子

我们将要什么都不是了

想喝格瓦斯也喝不到了

人也在美国二十四年了

哈理逊的回忆

屠格涅夫来了

我被派去领他参观

我敢请他说几句俄文么

他那模样像只白狮子

阿呀呀，好一口流利的英语

令人失望透顶了

女优的肖像

但我愿一死了却尘缘
因为爱情也要澌灭

如同在培斯城那样

看年青的女优演悲剧

观众痛哭流涕

已成了伦敦的风气

四十年没有湿过的眼睛也热泪盈眶

英王英后见此情景不禁仰面又低头

反对党在座池里拭眼睛

怀疑主义者 Sharidan 向壁抽泣

戏院内部的人一片唏嘘

两个年老的喜剧演员互相问道

"朋友，我的脸和你一样苍白么"

凡是没有泪水的眼，便被人看不起

贵　客

经过好几种名酒和一杯陈年白兰地

我胆量益壮，今晚入席以来可称从容自得

拜杰瑞不是让你对答如流的主人

任何事物谈过两分钟他就转换话题

正当我对巴洛克艺术发表警僻的见解

主人打断我的话头问我喜欢不喜欢鹦鹉

我忍住怒气听拜杰瑞说鹦鹉的故事

正想讲一段比他更有逸趣的传奇

不料拜杰瑞谈起贝多芬的青年时期来

为了奉承我他不得不把话说得十分简练

接下来，我对本维努托·切利尼

维多利亚女皇、运动、上帝、菲利浦斯

摩尔人的建筑风格，都作出不少隽句妙言

结果，拜杰瑞公爵认为我是尊贵的客人

二十世纪三十年代的美国

战争、经济大萧条

自有一种安贫乐道之风

如果问问九十岁的人

什么是你一生中最快乐的时光

他会说：三十年代

因为我们甘苦与共

伏尔加

一次次从伏尔加汽轮上登陆

直到发觉，已经深入俄罗斯腹地了

树叶散着香味，白桦的枝条完好

修建这家农舍的是一对年轻夫妇

他们和别的农民那样被烟熏黑了

他们可以提供家庭式的服务，需要现金

里屋有一张长凳，一把茶壶，一只大袋子

袋里装满了甘草，发散安息的香气

巴 黎 六 条 新 闻

一八一五年三月

法国巴黎有家报纸

先后发布了这样六条新闻

科西嘉的怪物在茹安港登陆

吃人魔王向格拉斯前进

篡位者进入格拉布林

波拿帕特占领里昂

拿破仑接近枫丹白露

陛下将于今日抵达忠实于他的巴黎

伊斯坦堡

深秋薄暮的伊斯坦堡
路人穿着黯淡的厚外套
凡事到了回忆的时候
真实得像假的一样

远古的拜占庭无足为奇
奥图曼帝君也面熟陌生
一头撞进爱国主义的怀抱里
零零落落的却是欧化的物质文明

石板街道，老木屋，黉夜失火的船
废弃的港口，野狗，垃圾，街车
女眷幽闺，奴隶市场，负重的人驼
禁酒的戒令，回教托钵僧客栈

纪德、芮尔瓦、戈蒂叶、福楼拜

他们才是伊斯坦堡的旧情人

阿麦特·拉辛说，他说

一个地方的风景，在于它的伤感

论诱惑

"我能抗拒任何事物
除了诱惑"（王尔德）

我能抗拒任何诱惑
直到它们被我所诱惑

永井荷风的日本国

日本的都市外观

社会的风俗人情

或者不远将全部改变了吧

可伤痛的，将美国化了吧

可鄙夷的，将德国化了吧

日本的气候，天象与草木

黑潮的水流所浸的火山质

初夏或晚秋的夕阳将永远绯红

中秋夜月的山水将永远靛青

落在茶花和红梅上的春雪

也将永远如友禅的印花绸之绚烂吧

妇女也将永远夸称水梳头发的美吧

爪哇国

从前的人真有趣

他们要形容荒唐

便说"一错错到了爪哇国"

他们以为爪哇是最远的了

你想明朝人有多可爱

谢 肉 节 的 早 晨

纪念托尔斯泰

凌晨四点多离开舞会

回家躺了一刻

再出门时天已大明

屋檐都滴着水，滴着，滴着

老上校住在城郊，近田野

田野尽头是游乐场

另头是女子中学

穿度冷清的巷子，转上大街

行人，淌过运木柴的雪橇

马匹套着光华的车轮

有节奏地摇摆着湿漉漉的脑袋

车夫身披油衣，足蹬肥大的皮靴

啪哒啪哒走在雪橇旁

街边的房屋，雾中显得很高大

好像要发生什么事

当然，又是什么事都没有发生

时间囊

Time Capsule

亚特兰大 Oglethorpe 大学

于 1940 年在校园游泳池

建立"文明窖藏"

Crypt of Civilization

这个时间囊里储藏了《圣经》

《可兰经》，但丁《神曲》，唐老鸭

假睫毛，马桶刷，百威啤酒

多罗德娅

撒满树叶鸟粪的桌边坐下
佩拉用抹布使劲拭过
铺上新纸，问什么酒
蔼列斯（颜色仿佛白兰地
香味浓郁的葡萄酒）
我们又喝了第二瓶
还品尝当地的血肠
和保加利亚的根本不能比
天色已经完全黑落，没月亮
多罗德娅此时才说
"你怎么这么迟来
我还以为你被打死了"
谁会打死我呢
"怎么没有人，烧炭党徒呀"
她看到我脸上的表情，便道
"我这都是被吓出来的"

惠 特 曼

五月是鸟的月份
是蜜蜂的月份
是紫丁香的月份
是惠特曼出生的月份

帆 船 颂

帆船的诞生、发展

航海史上地位重要

数千年，各类型帆船

满足不同的用途、需求

1800 年，首创蒸汽轮航

海上的帆船不断改进

保持霸权，百年

轮船还是不能取代帆船

西班牙高尾楼的盖利安

笨重，在海上横行了三百年

其后裔，大型四桅 bark

又在风浪中扬威六十年

帆船有性格，有一生的命运
因为帆船是有灵魂的
帆船一身无处不健美
任何细节都扣住海，扣住航行

破旧的帆船搁在岸滩上
住着一家诚实的善心人
帆船能驶进童话、神话
轮船就驶不进

论悲伤

不过我所说的悲伤

和别人所说的悲伤是两样的

论德国

德国猪脚著名全球
几位德国朋友都说
他们半年也不吃一次
这是很好的哲学命题

象 征 关

波德莱尔要出头

处境困难

前有雨果、巴尔扎克

司汤达、大仲马、梅里美

乔治桑……

后有左拉、莫泊桑

法朗士、都德

同辈是福楼拜、龚古尔兄弟

波德莱尔说要写得快

而且弹无虚发

一边洗澡一边写

一手搂情妇一手写

不入象征主义非夫也

出不了象征主义亦不是脚色

此等情事已过去了一百多年
考核诗人是否合格
还是要在这关口见真章

道 路 的 记 忆

知堂回想录

最初是在崇文门内盔甲厂

乃为北京内城的东南隅

随后迁到西郊的海淀

离西直门很远，十几里路吧

中午叫工友去买一盘炒面

外带两个窝果儿，即余鸡子

冬天，放下车帘一路大吃

等得到达也就可以吃完了

旅馆是在船板胡同的陋巷里

躲了几天，有时溜出去买英文报

买青林堂日本点心，很有意思

还买法国的葡萄酒、苦艾酒

冬日到家里要六点多钟了

天色已经昏黑，有披星戴月之感

路实在长得可以，下午四点才下课

幸而数年之后学校就搬了家

新校址在西郊篓斗桥

据说是明朝米家的花园

不过木石亭榭均已不存

进门后的一座石桥还是旧物

古希腊

世间都说古希腊有美妙神话
这自然是事实只须一谈便知
之所以如此原来是很有道理的
说出来听听就觉得更有意思

古代埃及印度也有特别的神话
它们的模样牛首鸟头狰狞可怕
事迹也怪异脱不出宗教的恫吓
与艺术有一层间隔穿之不破

希腊的神话起源本亦相同
逐渐转变粗厉衍为精茂了
希腊民族不是受祭司支配的
他们受诗人引导由艺术家缔造

《知堂回想录》

蒸汽时代

施笃姆

许多年过去了

我在德国中部旅行后

蒸汽机时代已经降临

火车站是很大的

终点以后还有五英里路程

我换乘舒适的弹簧马车

秋高气爽，把篷帐推落

故乡的景物慢慢显出来

再不久，森林消失

土埂篱笆消失

眼前展开一片没有树木的平原

如此的无边无际我已经不习惯了

幸亏空旷的地段并非很长

马车已驶进城里的石砌街道

行人们向我招呼，我答礼

游目贪看那些房屋的顶层

悬挂在墙洞间的铜钟

栖满了密密麻麻的燕子

一忽儿成群飞起

一忽儿啾啾唧唧

我知道它们准备远行

这里的阳光不够温暖

凉风阵阵，黄叶飘零

仿佛听见古老的歌

"当我归来时

啊，我归来时

一切都已成空"

而我辈也曾有过青春

二战结束后的上海街头

充斥着美国的剩余军用物资

高帮结带的皮靴

是我一时之最爱

小罐的什锦起司

冷吃热吃都要得

巧克力，石硬，奇香

咬嚼起来野蛮文明兼而有之

试想，艺术学校天荒地老的宿舍里

吃美国大兵剩下来的饲料

读俄罗斯悲天悯人的长篇小说

八年离乱熬过去了

人躺着，两脚高搁床档上

满脑子意大利文艺复兴法国印象派

这便是我辈动辄大言不惭的黑色青春

美国军用物资——二战结束，如将此类物资运返美国，所费高于其价值，因此打成"救济包"拨给香港、内地。性质上属于联合国善后救济总署的范围。

安息吧，仇敌们

世俗的功成名就

明显地有限度

即以其限度

指证着成功之真实不虚

既如此，我拆阅了纷纷的祝贺信

为层叠的花篮逐一添水

我不像一个胜利者

我的仇家敌手都已死亡、痴呆

他们没有看到我苍白而发光的脸

我无由登台向他们作壮丽演说

倒像是个失败者那样默默低下头来

安息吧，我的仇敌们

如　偈

艺海如宦海

沉浮五十年

荣辱万事过

贵贱一身兼

我亦飘零久

移樽美利坚

避秦重振笔

抖擞三百篇

问君胡能尔

向笑终无言

楼高清入骨

山远淡失巅

人道天连水

我意水接天

肝胆忽相照

钟鼎永传衍

会当饮美酒

顾盼若神仙

被服纨与素

辐轹致而坚

窥户多魑魅

幕重岂容见

晚晴风光好

大梦觉犹眠

每忆儿时景

莲叶何田田

梦中赛马

成名，好像梦中赛马
成名是再要无名已经不可能了
回想过去的三十年、四十年
每秒钟穷困，每步路潦倒

阴霾长街，小食铺
几个难友用一只酒碗轮流喝
那种斯文，那种顾盼自雄
屡败，屡战，前途茫茫光明

每秒钟每步路都穷困潦倒
三十年，四十年过去了
成名，好像梦中赛马
再要隐姓埋名已经不可能了

知 与 爱

我愿他人活在我身上
我愿自己活在他人身上
这是"知"

我曾经活在他人身上
他人曾经活在我身上
这是"爱"

雷奥纳多说
知得愈多，爱得愈多
爱得愈多，知得愈多

知与爱永成正比

德 国

我久住在德国
为什么而久住在德国

德国东邻波兰、捷克
南接奥地利、瑞士
西界法国、荷兰、比利时、卢森堡
北与丹麦相连

我久住在德国
为什么而离开德国

法国朋友说
"当一个地方与你太像了的时候
这个地方对你不再有益"

德国与我太像了

啤酒比矿泉还便宜

Pilsner Schwarzbiere

别喝过头

在德国，慕尼黑

醉态是丑态

我的钢琴教师

有很多外国朋友

我问"哪国人最好"

她想也不想地想了一下说

"要恋爱嘛，那是德国人

热情，忠诚"

卡夫卡的旧笔记

从清晨六点起
连续学习到傍晚
发觉我的左手
怜悯地握了握右手

黄昏时分
由于无聊
我三次走进浴室
洗洗这个洗洗那个

生在任何时代
我都是痛苦的
所以不要怪时代
也不要怪我

佩 特 拉 克

佩特拉克走在前
他后面便是人文主义
他没有想到他是人文主义之父
所以好，所以我们谈得来

宽容的夜色

在大法官厅巷耽搁到晚上九时
略微有些头痛，去户外走走
船来船往，狭窄的流谷清晰可辨
峭壁之间的天空降落宁静的夜
泰晤士河，对岸堤上亮点断续
就这个地方而言，此刻是最好的时分
宽容的夜色遮掩了河水的污浊
灯光有红、橙、煤气之黄、电的白
错杂在灰紫黛绿的平幕前
穿过滑铁卢桥幽黑的拱洞
勾划出一带弯曲的陆地，矮墙上方
矗立着西敏士大教堂的高塔
里面莎士比亚自撰的墓志铭是伪造的
只能也像夜色那样地垂垂宽容了

知堂诗素录

水 师 学 堂

惠民桥下因为要通船只
都是竖有很高的桅杆的
桥上面又要通车马
所以桥是做得可以开关
遇上开桥的时候
便须等候个把钟头

桥的这边有一条横街
很狭，各种铺子
尽头通江天阁，吃茶远眺
当然是可以望见长江
其实也只是一句话而已

由惠民路沿着马路进城

走上颇长的高坡

就是仪凤门，左狮子山

上设炮台，不准闲人进入

可以望见机器厂的大烟囱

烟囱经年不冒烟

不过烟囱在那里，那里便是水师学堂了

城 南 和 下 关

往城南去

大抵步行到鼓楼

吃过小点心

买了油鸡卤鸭

坐车回学堂

饭已开过

听差给留下一大碗

开水泡之

佐以鸡鸭

刚好吃得又饱又香

若是逛下关

可以步行来回

到江边一转

看人们上下水轮船

在一家镇江扬州茶馆

吃几个素包子

不过须在上午才行

新生和低级班的学生

喜欢穿着操衣

总是夸示的意思

我辈则改御长衫

有点倚老卖老

或者世故渐深

觉得和光同尘行动比较方便

湿 点 心

路过各处码头
轮船必要停泊
客货上上下下
各路商贩兜售什物
不过大抵以食品为主
杭沪道上的糕团
实在难以为怀
糯米粉粳米粉蒸成的
浙江遍省都有，嘉兴、苏州也有
到南京就没有了
由于儿时吃惯"炙糕担"
一见糕团就显出情分来
鲁迅也是喜爱糕团的

　　见鲁迅先生爱吃糕团，更觉可亲可敬，世界大同。

路　菜

从前大凡旅行
路上吃食自理
家里有人出门
就得早备路菜

重要的是汤料
香菇虾米京冬
那叫麻雀脚者
笋的嫩枝晒干

主菜当然火腿
酱鸡腊鸭之类
特制一种腌物
号称家乡肉也

后来上海流行

肉松熏鱼糟蛋

美味而且方便

不必劳神费心

可奈回想路菜

毕竟醇醇有味

人生在于体会

今时哪及昔时

好 吃

早晨扒了两碗稀饭

到十点钟下课

肚子饿得咕噜噜

派听差去校门口买侉饼

加一个铜元麻油辣酱醋

蘸着吃得又香又辣又酸

比山珍海味还鲜美点饥

实在特别好吃

未必出于饿极了的缘故吧

欧陆小子在抬头

好莱坞

不好了

通俗文化

此路不通

波恩—汉斯说

太多的美式文化

反而觉得

欧式　新鲜刺激

巴黎—维隆说

我最想去

威尼斯，罗马

佛罗伦萨

芬兰—希腊的年轻人

发现

他们之间的共同点

比与亲生父母还多

德国《焦点》杂志

给这群人贴上

"ＹＵＰＰＹ"标签

骄傲的欧罗巴年轻人

赶走米老鼠

谨防文化鼠疫

迪斯尼乐园

都是长不大的孩子

就说舞蹈音乐吧

"ｔｅｃｈｎｏ"

虽也饶舌

一跃而胜过美国饶舌歌

好呀

E U R O K I D S

欧罗巴不需要觉醒

站在那里就是好样儿的

假　的

西敏士大教堂

莎士比亚的雕像下

一篇诗体的铭文

那青年背着包

估量他是从南欧来的

对我很熟习地一笑

他说，你相信这诗是真的么

我说，相信是假的

他拍拍我的肩

从 前 慢

记得早先少年时
大家诚诚恳恳
说一句是一句

清早上火车站
长街黑暗无行人
卖豆浆的小店冒着热气

从前的日色变得慢
车、马、邮件都慢
一生只够爱一个人

从前的锁也好看
钥匙精美有样子
你锁了，人家就懂了

辛亥革命

知堂回想录

该是睡的时候了

人民都极兴奋

路旁密密地站着看

比看迎会还热闹

中间只留一条狭路

好让队伍过去

没有街灯的地方人民拿着灯

桅杆灯，方形玻璃灯

纸灯笼，火把

小孩也有，和尚也有

教堂相近有传道师

举着白旗，上写欢迎字样

兵士身体都不高大

一张张饱经风霜的脸

整齐，快捷

慢一点就跟不上

Doale 驻扎的地方

去接的人们有的跟进

有的站在门外

大家高呼革命胜利中国万岁

不久就来叫让路

一班人把酒和肉挑进去

慰劳兵士

人们也就渐渐散了

风吹作响的板扉

都会的旧城老区，褴褛而藩庶
街衢错杂，顶层阁楼敝败欲倾
残废而严闭的门，黑暗的尘积的梯

保温瓶，铜面盆，枕褥洁净见真心
点烛、切蛋糕、倒红酒、芳香弥漫
庆祝那种谁也莫问谁的糊涂生日

破檐低斜，人也站不直的爱的宫阙啊
膺背转侧间媚光四溢的天生尤物
婉娈厮混，何以蓦然沛变，乍识至尊

滞钝的锋锐，甘美的苦楚，畅洽的逼促
紫金飞毯升腾于虹霓丛中穿山越岭
拼却富丽的粉身，以报堂皇的碎骨

东壁有扇风吹作响的板扉，呀然推出

极目都是污秽的瓦房颠顿扑地

烟雾缭绕，人车喧阗，织布机礤轧不休

曦色中摸下楼梯，满手油腻和灰

回寓投床如弃墓穴旋即昏沉睡去

梦中犹闻板扉作响，咿呀的板扉

爱尔兰

西风吹发，挟带雨意
爱尔兰的空气是大西洋式的
长满石楠草的岛，令人昏睡
爱尔兰人一会儿走得轻快如小鹿
一会儿沉重像衰老的骆驼
我住在科克，很少能十一点前起床
那末利莫里克呢，只有在利莫里克
上午九点半大街中央站着苍鹭
噢，爱尔兰，两个小时内使青山变黄
变紫，变蓝，再变成阴灰
城堡，磨坊，仓库，壁垒，教堂，农舍
因为战争或没人居住而废毁
本来一天就没有多少时刻是清醒的
何苦去营造精良的房屋呢

修船的声音

手工劳作发出的声音

总含有人的况味

不近不远地传来

引起我童年的回忆

江南水乡，古老小镇

运河对岸日日价修船

船底朝天，很开心的样子

大太阳下裸背的男子们

又铲又敲打，空船起着共鸣

大战已近末期

新的生活用品又将多起来

我是总归要出洋留学的

家庭教师没有魄力为我说这个话

我自己硬想，人要走就走得远

我已知道柏拉图，柏拉图式的爱
修船的敲打声一直在蛊惑我
口诵着《公羊传》、《战国策》
心已随薰风飞向爱琴海、地中海

克里斯港旧居

天气阴冷的一个星期

在西部乡间这是常有的事

不曾再到海边去过

从庭院往外眺望

仍能看见大海的掀腾

狂浪冲击岩岬尽头的灯塔

涌向倾斜的灰白沙滩

鸥鸟也都飞进陆地来了

它们鸣叫，在屋上盘旋

只有东厢房，外面是玫瑰园

才听不到海的骚扰

白天，也难于尽然的

一望见海，心就乱

就想起从前，另座海滨弃屋

船艇模型桅杆间的蜘蛛网

瓷器上的青灰霉斑

床垫被硕鼠咬出的破洞

密雨打着屋顶铁皮的繁音

发生在这间小屋的许多事

说不得，不能让人知道

那时的天气也常会连日阴冷

海鸥飞鸣于屋子的上空

事情发生了，又发生

说不得的，除非记忆

记忆就像滚滚浪潮

撞上海湾里的礁石激出巨响

记忆的巨响人们是听不到的

河边楼

涸绿小运河

岸畔瓦房栉比

芦苇丛中石阶

檐栏，盆盆红花

江南市郊每若此

予尝赁楼以安身

授业，鬻画，卒岁

五年如一日（如一宿）

清明时节，雷雨过

推窗风来蛙声满水田

爱，就抱着爱

夜夜欲壑难填

通宵灯明，肉体如管弦

润了这那又霈那这

餐胜恣覆

聆谀逞痴

浑忘计智愚良莠

有耽无类，隽才出少艾

田野里的麦芒呀

日照摇金，月笼流银

小石桥塝密约

河滩淤泥裸足搂行

我们以形骸为贽礼

确曾是，蒙昧的智者

喜怒哀乐皆可念

虽然我并未预知

青春是一去不回来的

春 汗

嫩寒风来

意绪怯生生

同样的季节

那时有条河

河边小楼

凭窗弥望田野

柳丛，竹林

农舍炊烟升起

我们在床上

天色还没夜下来

乡村总有人吹笛

我们穷

只此一身青春

我们在床上

檐角风过如割

凄厉，甘美

黑暗中笛声悠曼

香热汗体

我们在床上

小屋如舟

柳枝拂打窗槛

芦苇，芦苇

雨，我们雨

远江轮船冉冉长鸣

繁华人世之广袤

我们简素

我们在床上

素描旅者

我在诺曼第作素描旅者

也就是背负行囊出入客栈

装作研究画道，观察风景

无忧呀无虑，不思明天做什么

停步，是为了一湾小溪

入店，是闻到油炸薯条的香味

幽会，在长满樱草的土坑中

或在保持白昼温度的麦穗上

灰色粗布下的肌肤极富弹性

田野，森林，朝日，晚霞，月光

我徜徉在一个叫佩努乡的小村里

依波尔和艾乐达之间

海岸高而陡，像巍巍的城墙

踏着细软的茸草，放歌

远处一艘艘的渔船

碧绿的海，棕红的帆

茂密的野菊和罂粟花

村里有座报时的尖顶钟楼

海鸥绕着飞叫

同时还可以坐在一处泉孔边

俯身啜饮，沾湿鼻尖和胡子

随我自己设想是在与谁接吻

拥楫

越有舟子

拥楫而歌

今夕何夕

搴舟中流

今夕何夕

王子同舟

蒙羞披好

不訾恥垢

心頑不绝

得知王子

山有木兮木有枝

心悦君兮君不知

王子投抱

绣被覆之

被涌如云

情霈如雨

今夕何夕

与子同第

今夕何夕

与子同体

悌润恺奘

南风乐至

信流涣涣

莫知所止

公元前五百二十八年，楚国令尹鄂君子皙举行舟游盛会，越人舟子拥楫作歌，以表无上之景慕，盖诗三百篇中洵多至情至性之咏，犹未见郁勃狂放一往无前如此者。夫道，有以死殉，有以生殉，而情，亦有死殉生殉之抉择，草泽榜人，诸侯卿首，相去何啻天壤，此则至诚而无畏，彼则挺身以酬德，大勇大仁者也。想见昼光之下，新水之湄，众目睽睽，虽千万人我爱矣，岂不壮哉。舟子妙善倾吐，直赴性命，王子采烈兴高，毋妄矜贵——无论何种模式的爱，心正意挚，皆现世福祉之由来也。鉴乎今人涉恋，动辄猥琐儇佻，鬼蜮伎俩，那末古人确凿是爱得光华澄澈，元气淋漓了。《说苑》以此歌列入"善说"章，自"今夕何夕"至"心悦君兮君不知"讫止十句，继述"王子上前拥舟子入怀，举绣被以覆之，交欢尽意"——今概饬为四古，复于歌后广十二句，推向童话式的迷离消失……篇终抚卷，轩渠如释重负。

白香日注

晴凉

天籁又作

此山不闻风声日少

泉音雨霁便止

永昼蝉嘶松涛

远林画眉百啭

朝暮老僧梵呗

夜静风定

秋虫戢戢如祷

午明暖

晚来云满室

作焦油气

以巨爆击之勿散

烟云异，不溷

云过密则反无雨

人坐其中一物不见

阖扉，云之人者不出

扉启，云之出者旋入

口鼻内无非云者

窥书不见，昏欲睡

今日可谓云醉

朝晴凉适

可着小棉

瓶中米尚支数日

菜已竭，所谓馑也

采南瓜叶、野苋

煮食甚甘

予仍饭两碗

冷

雨竟日

试以荞麦叶作羹

柔美过瓠页，微苦

苟非入山既深

安知此风味

埋豆池旁

际雨而芽

晨食烹之尝试

入齿香脆

颂不容口

谑庵片简

隆恩寺无他奇

独大会明堂百余丈

可玩月

径下有云深庵

五月，啖其樱桃

八月，落其苹果

樱桃人啖后百鸟俱来

绿羽翠翎者，白身朱咮者

嘈嘈各呈妙音

苹果之香盛于午夜

晨起近嗅

淡逸，香异焉

天慵生语

桃花一种村落篱墙处为多

探之者必策蹇郊行始得其趣

笠翁之论妙矣余无以易而意与别

桃红柳绿正取眺望如意之际耳

香奁新咏

昔人咏香奁者多矣，余复何赘。
唯有数事作时世装，予意以为
不雅服妖也。

蹢息道人

俏三寸

脑后挽小髻

长仅三寸

初起江苏上海

今已遍传吴越

玉搔头

古有是饰

今间以五色

插至数十枚者

可笑

侧托

发上横篓

排列多齿

金为之

或饰以玉石

齐眉

一名西施额

与网钗略同

彼分布两边

此独障前

京师五月

石榴花正开

照眼鲜明

居人每与夹竹桃列中庭

榴竹之间，配以鱼缸

朱鳞数尾游漾其中

几于家家如此

《燕京岁时记》富察敦崇著，兹去若干字，易
一二字，泯其讥意可也。

北京秋

知堂回想录

今年北京的秋天特别好

郊外的景色更值得看

寒风中坐在车上眺望鼻烟色的西山

近处树林后古庙，河边微黄的草

不觉过了二三十分钟，看不厌

这只是指空旷人家稀少的地方

最好的是南村和白祥庵之间

市街，那是很糟糕的

道路破坏污秽，海淀尤甚

街上三三五五的闲人

学校或者商店门口贴出一条红纸

写着什么团什么营等等字样

觉得这是占领地，不像在本国

欧战的比利时大概是这样的吧

海淀的莲花酒颇有名

买了，不佳，我喜欢白兰地、苦艾酒

近来有机制酒税，价大涨，买不起

那时候正是"三一八"之年

冯玉祥的国民军退守南口

张作霖的奉军和鲁军进占北京

也就是所谓"履霜　坚冰至"的时期了

城和桥

知堂回想录

此条皇城北面的街道
当初有高墙挡在那里
墙的北面是马路
车子沿墙走，阴沉沉
尤其下雪以后
靠墙的一半路面冰冻着
天暖起来，这就湿漉漉地没完没了

从前通什刹海的那座石桥
就有一部分砌在墙内
便称西压桥，与东边的桥相对
那边的不被压故称东不压桥
西边桥以北是什刹海，明朝名胜
夏季，摆些茶摊，点心铺
卖八宝莲子粥最有名，我没吃过

杨子九记

六月初三日——拜方灵皋　不值

初六日——方灵皋来

初七日——赴方灵皋饭

初八日——作方灵皋《十七帖》

　　　　　《庙堂碑》《兰亭序》跋

初十日——书方灵皋三帖跋又批其近文三篇

十一日——札方灵皋　归其文稿法帖

十二日——张安谷方灵皋来　灵皋赠我秋石二饼

十五日——方灵皋蔡铉升张安谷来　久之不去饭之

十八日——夜方灵皋来

　　大瓢于六月初二到南京，至二十日午后乃乘肩舆去。在南京与方望溪往来甚密——昔人师友情谊每多如胶似漆者。阅杨子遗记，羡煞后现代鳏寡孤独也。

西　湖

掠明末王思任句

西湖之胜

水明山秀

朝暮抑扬

四时宜人

涌金门苦官皂

钱塘门苦僧、苦客

清波门苦鬼

微步岳坟苏堤

孤山断桥尤足留恋

可厌徽贾

重楼架舫

优喧粉笑

势利传杯

所喜野航双棹

坐却两三

侣同鸥鹭

或柳荫鱼酒

或僧堂饭蔬

可宿可信

不过一二金而轻移曲采

尽西湖里外之致也

少年朝食

清早阳光

照明高墙一角

喜鹊喀喀叫

天井花坛葱茏

丫鬟悄声报用膳

紫檀圆桌四碟端陈

姑苏酱鸭

平湖糟蛋

撕蒸笋

豆干末子拌马兰头

莹白的暖暖香粳米粥

没有比粥更温柔的了

东坡、剑南皆嗜粥

念予毕生流离红尘

就找不到一个似粥温柔的人

吁，予仍频忆江南古镇

梁昭明太子读书于我家后园

窗前的银杏树是六朝之前的

昔南塘春半、风和马嘶

日长无事蝴蝶飞

而今子身永寄异国

诗书礼乐一忘如洗

犹记四季应时的早餐

若《文选》王褒之赋曰

良醰醰而有味

美粥岂易得　　煮粥犹填词

稀则欠故实　　稠则乏情致

精明李清照　　少游受评嗤

我谓秦七粥　　稀稠亦由之

单　衣

游丝漾晴空

单衣的昼午以后

阳台白椅积黄叶

蜉蝣剧舞上下

晚风中的兀立者呵

晚风之意亦未可知乎

知也，此生迟暮

于世徒微飔耳

桃红柳绿坤眷事

旻夕废院斜晖

芦橘细蕾药性清香

十月小阳春

胜友良朋的天气

秋色乾尊色、鼎盛色

曲肱而枕的醉颜酡色

肝肠如火，嗔笑似花

最后的慈变无度

念澄江若练，丽子齐业

浴咏以归，寤寐交挥

称心而言，人亦易足

营已有极，过非所钦

晚风中的兀立者呵

晚风之意兹议尽然乎

然也，晴空漾游丝

昼午以后的单衣

白椅阳台黄叶积

上下剧舞蜉蝣

伯律珂斯的演说

此外，我们提供多种方法

使人在纷烦的事物之后得到休息

我们终年举行娱乐和典礼

优雅的住宅使生活昼夜舒适

宏大的城市吸引各国的货物运到港口

斯巴达人以严酷的训练教育公民

我们雅典人则随意地自然成长

同样能面对任何险难或灾祸

斯巴达人不敢单独进犯，动辄结盟前来

雅典人欲入邻国时无须别求支援

我们不用整支军队对外征战

因为既要守护海上又要执勤于陆地

是故敌人的失败乃败于全体雅典人之手

我们呢，习于安逸，不欲劳苦

我们的勇敢自然天生而非锻炼所致

每当需要时，矍然奋起，英勇无畏，克敌制胜

　　在希腊罗马的英雄谱中，我自幼就独钟伯律珂斯，他的脸型五官极美，刚毅而温茂，象征着雅典的全盛时代。一九九五年初夏，在大英博物馆幸遇伯律珂斯的雕像，有他乡遇故知之感，谨录其演说辞一节，尊为高贵的诗篇。他是艺术家的好朋友。

甲行日注

初六日戊寅，晴大风

抵暮，妪以烧栗十枚

烘豆一握，遗予下酒，真几上去

瓶油已罄，无以举灯

点火于枯竹片，左手执之

右将倾壶，火忽灭

余光未及暗尽

倚短窗下嚼四栗，饮三瓯

暗中扪床而寝

甲行日注又

十日丁巳　晴

初闻黄鹏声

犹忆离家日听雁也

十七日丙辰　晴风

中夜偶起　白月挂天

泱流薄岸　村犬遥吠

明季乡试

至日，按院在三门上坐点名
士子入场，散题

次日辰时放饭
大米饭，细粉汤

竹箩盛饭，木桶盛汤
饭旗二面前走，汤饭在后

自西过东
由至公堂前抬走

正行之际
晓事吏跪禀老爷抽饭尝汤

遂各盛一碗

按院亲尝可用始令放行

至月台下，一旗入西文场

一旗入东文场

至二门

二旗交过堂上

一声梆子响

各饭入号，散与士子食用

次放老军者

俱是小米饭，冬瓜汤

一样散法

按院不复尝

午间散饼果

向晚分蜡烛

加拿大魁北克有一家餐厅

Fourguet Fourchette

来一杯野生辛香的淡苦啤

金色可爱，以配前菜

来一杯成熟果味的白啤

陪伴海鲜，细嚼慢咽

接着，一杯葡萄馨息的黑啤

侍奉你的炭火烧烤

或者含辣的赤褐啤扈拥燉锅

如果外面飞雪，添一杯野樱桃热啤

啤酒起源于中世纪欧陆修道院

修士们擅长调配种种药草以制酒

偶然的一个机缘中诞生了啤酒

就像偶然的一个机缘中我发现了你

慕尼黑市政府广场有好餐馆

Zum Franziskaner

位于 Residenz Strasse 9 号

有七百年历史

烤猪脚，皮脆肉香汁多

配上玉米做的燕麦包、白啤酒

活脱脱一顿家庭晚餐

我与德国

我与德国兑换音乐，兑换哲学
事情还可追溯到罗马时代的巴伐利亚
不过我是研究啤酒史的，崇拜巴斯德
发现微菌传染，影响人类福利有多么大啊

远眺慕尼黑旧城的高楼和教堂钟塔
天气好，清晰看到阿尔卑斯山上的积雪
啊，德国，我的少年是托付给你的
我们终究因为太相像而就此分别

西班牙人

致普利却特

地中海边的人都知道自己要什么
知道要的东西是什么样，在哪里
进了餐馆，每种肴浆都加以盘问
厨师时常出来视察顾客们的反应
对他烹调的食品有何不满就直说
这是件荣幸的事——商店里也一样
伙计把所有的布所有的鞋铺开
毫无怨尤，反而赞叹贵客眼光精明
生活是为了猎取喜欢而又买得起的东西
要紧在于愿望，满足愿望不能吝啬时间
法国人崇尚规章制度以应付不时之虞
西班牙人不吃这一套，他掏出五个法郎
以付四十法郎的午餐，大声说决不多给
事情是在火车中，招待喊出高级管理

高级管理找了个会讲西班牙语的人
西班牙语者请示领班，领班带着两彪汉
可是西班牙人不吃这一套，只好上报
当局来了，红白蓝三色的共和国标记
"我命令你付账，你有什么意见"他说
"Iporque no me de la gana"，并非不付账
而是付账的愿望或意志还没来找我
"拿护照来"红白蓝者就是驻车警官
西班牙人孩子般地乖乖交出护照
之后他站在车厢门口的过道上，忧郁
尚有四五个年轻的西班牙人也一声不响
温驯，苍凉，无奈，弹起怀中的吉他
那不肯付账的老西班牙人和着琴声唱
"我是穷人，他们伤透了我的心……"
火车快速地前进，越过边境——在法国
在阿尔或者马赛，只要看到这种情景
冷漠，茫然自伤的神色，噢，西班牙人

我至今犹在等候

驿马车行业中

特快马车的出现

使时间再度缩短

当年，能与驿马车争锋的

就是邮便马车

车上除了邮件也载旅客

此外，还享有特权

任何车马挡道，必须让路

车掌兼保镖

佩戴枪支，以卫护邮件和旅客

我所等候的就是这样送来的一封信

浮世绘

悼永井荷风，意译片断

呜呼，浮世绘

苦海十年为亲卖身的游女

斜倚竹栏，俯瞰流水的艺妓

卖宵夜面的纸灯停在河边

夕照中满树红叶黄叶

飘风的钟声，花谢纷纷

途遇日暮山路依稀的雪

凡此无偿无告无望的

于我都是可怀可亲

嗟叹人世只是悠忽一梦

呜呼，我爱浮世绘

清嘉录

其 一

平明舟出山庄

万枝垂柳，烟雨迷茫

回眺岸上土屋亦如化境

舟子挽纤行急

误窜层网中，遂致勃豀

登岸相劝，几为乡人窘

偿以百钱，始悻悻散

行百余里，滩险日暮

约去港口数里以泊

江潮大来，荻芦如雪

肃肃与风相抟

是夕正望，月似紫铜盘

水势益长，澎湃声起

俄闻金山蒲牢动，漏下矣

清嘉录

其 二

梅雨时备缸瓮收旧雨水

供烹茶，曰梅水

梅天多雨，雨水极佳

贮之味经年不变

人于初交黄梅时收雨

以其甘滑胜山泉

南方多雨

南人似不以为苦

春

迎春送春是说说的

春天又不是一个人

水　仙

"二战"的连天烽火中
邱吉尔对西西里的岛民说
必须继续种植水仙
然后运到伦敦去
庆祝胜利

普 希 金 的 别 调

到特维里时，你可以
在哈良尼或科隆尼
要帕尔玛干酪拌的
通心粉，再加煎蛋一份

在托尔什克，闲时
别忘了上波查尔斯基
点一道油炸肉饼
吃完后缓缓上归程

当乡民把笨重的马车
向着亚日里比茨拖行
朋友啊，你一定会
瞪直了贪婪的小眼睛

人们向你兜售鲑鱼了

你立刻叫人洗刷、清炖

看着，鱼刚刚发青

就把白葡萄酒倒入中心

我

我是一个在黑暗中大雪纷飞的人哪

跟秋天的落叶一样多

这里收集的铸币五花八门

把它们分分类是莫大的快事

英国的金畿尼，双畿尼

法国的金路易

西班牙的杜布

威尼斯的塞肯

葡萄牙的姆瓦多

近百年欧陆各国君主的头像

还有古怪的东方货币

上面的图案像一缕缕的细绳

又像一张张蜘蛛网

圆的，方的，中间有孔的

可以串起来挂在脖子上的

至于数量，跟秋天的落叶一样多

1901 年

八月初二日　晴

晨至上海

寓宝善街老桩记客栈

上午至青莲阁，啜茶一盏

夜至四马路春仙茶园看戏

演天水关蝴蝶杯二剧

归寝

　　知堂此一注，可想见多少往事。

韩家潭

步入大门后

便是一个院落

编着矮矮的青篱

菊花见残了

天竺子红如珊瑚豆

腊梅，磬口黄朵

香气成阵扑鼻

上了水磨砖台阶

侍儿在外唤声有客

里面打起帘栊

见是并排开间

两明一暗，全有套房

床端静置天然曲根座

清供瓶炉三事

左右八把檀木椅

配着小方高几

侍儿说，请爷书房里坐

随手掀开了白绫画帘

既进，相了眉公椅就之

不免环顾周围

背后架势非凡的博古橱

壁间挂着行草笺对

又有四个泥金条幅

写得很娟秀的楷书

侍儿移步上茶

盏是白净的官窑

揭盖，碧澄澄宽叶龙井

水是什么水

玉泉新挽的

俄而帏幔一启

那人儿轩轩进来

头上拉虎貂帽

身上全鹿皮的坎肩儿

下面驼色库缎白狐袍

足蹬漳绒靴子

双腿弯了弯

算是请安了

　　看看金乌西坠，玉兔东升，外面嚷声客来，老二连忙爬起，一看是王胡两位，都是猞猁狲袍子，带着熏貂皮困秋，胡儿纽扣上挂着赤金剔牙杖，手上套着金珀班指，腰里结得表褡裢，象牙京八寸，槟榔荷包翡翠坠件儿，一捋袖子，露出羊脂底朱砂红的汉玉金刚箍，这箍要值多少银子呀。

取人篇

稽古取人

尧取以状

舜取以色

禹取以言

汤取以声

文王取度

孔子取讷

皆有为焉

窃予无为

惫取貌身

蒸腾须眉

丰鬓方颈

膺背嶬崛

胁腹若流

肱股骀荡

手足瑰玮

轩渠磅礴

输诚无廋

惟子之故

以永今朝

得之箕舌

四时不忒

敏行质耳

俱嗣芳躅

芒乎芴乎

象罍象喜

肤 色 颂

奇幻悦目的

人的肤色

物色着则定

唯肤色生生无尽藏

种族不拘

择其俊彦

高逸之白

犷野的黑

黄多旖旎

褐其何其郁勃

肤色之奥义

勾引情欲，究竟福禔

怎么回事呀

是这么回事

肤色乃多色之混合

苦了诗人，窘了画家

怎么回事呀

就这么回事

伧傺好色好脸色

至情，好统体肤色

怎么回事呀

诚这么回事

人　香

在现代世界的都市里

洗涤机的良好功能

时常沐浴的文明习惯

统体洁净，不会有异味

多好哪——可是，从前

从前的人各有各的气味

其中某些个是极其好闻的

毛发的肌肤的暧昧馨息

我自小就为此陶醉着迷

少艾者清越悠曼有奶味

馥郁诡谲的是中年鼎盛期

噢，到二十世纪花失掉了芬芳

人亦随之而没有自己的嗅福

恐非洗涤机所能任其咎焉

地球本来是带着人香而飞行的

抱背篇

景公盖姣

羽人视僭

执而问之

何视寡人

羽人对曰

今言亦死

不言亦死

窃公姣也

合色寡人

公欲杀之

乃值晏子

不时而入

闻君有怒

公曰然哉

其色寡人

晏子对曰

拒欲不道

恶爱不祥

虽使色君

法不宜杀

公曰然乎

若使沐浴

将使抱背

　　这是一个诞谩的稗说，羽人何苦要窥景公，晏子何必要挽羽人，而景公何以要羽人助浴——此篇之入《晏子春秋》，良有以也，盖羽人钟情而亡命，晏子通情而达理，景公悟情而立报，古人亦忠厚之至矣。尤其妙在末了那一转，率性若有神助，古人脾气之烈，动作之大，现代偪亻羼何足望项背，遑论抱背。予行役域外，息交绝游，故国嚣尘，唯温旧籍以靖离忧，偶值舛异，仿佛若畴昔之漏阅者哉，谨诗事之。既毕，临窗一诵，诚不啻西山朝来爽气也。

跟 踪 者

酒店，咖啡店

散步途中

尼采和朋友

总觉得被人盯梢

后来一打听

是有

是有人

——屠格涅夫

夜　词

尼　采

午夜，流泉之声愈响了

我心亦有一股流泉

午夜，万类安息

谁人吟哦恋曲

我心亦有一阕恋曲

我心更有无名的焦躁

渴望得以宣泄

它从未平静，难以平静

我心中更有爱的诉求

正喃喃自语

但愿我能化作夜

而我却是光啊

扈拥着我的唯有孤独

噢，但愿我是黑暗

我就可扑在光的怀里

饿婴般吮吸光的乳汁

天上闪烁的群星啊

接受我的祝福吧

我不能歆享到你们的赐予

因为我活在自己的光里

予素弗明受者之乐

夺取比受惠更乐

我窘于不停地施舍

我嫉妒乞者的灼灼眼神

啊，施予者的悲哀

饱餐后猛烈的饥饿哟

乞者从我手中得其所需

我触及他们的心了么

我很想凌辱那些受我烛照

攫回我所有的赐予

我多么想作虐啊

夜更浓了

流泉之声愈响了

我的心里亦有一股流泉

我的心中亦有一阕恋曲

叶赛宁

决定了

告别故乡

白杨树叶不再在头上作响

矮矮的家屋会颓倒

守门的老犬已亡故

莫斯科，将执行我的死刑

爱这个纷扰的都市

迷惘的亚洲

在蓝天下昏睡

夜晚月色如水

鬼知道

我拐进熟悉的酒吧

通宵达旦

给娼妇们诵诗

与盗贼干杯

心越跳越快

舌头发麻，言语不清

我这个人跟你一样完蛋了

五　月

你这样吹过
清凉，柔和

再吹过来的
我知道不是你了

天意人工

巴赫的六首无伴奏大提琴组曲

竟会在巴塞罗那被

十三岁的卡萨尔斯发现

真是天意啊天意

卡萨尔斯得了曲谱

持续研究三年、五年、十二年

然后公开演出，一辈子

真是人工呀人工

卢　梭

卢梭的诗人气质

大家看着已经吃不消了

不过最后的一次次散步

那是写得好的，可算是救赎

他自己恐怕没有这个意思呵

失去的雰围

从前的生活
那种天长地久的雰围
当时的人是不知觉的

从前的家庭
不论贫富尊卑
都显得天长长，地久久

生命与速度应有个比例
我们的世界越来越不自然
人类在灭绝地球上的诗意

失去了许多人
失去了许多物
失去了一个又一个的雰围

农　家

农民的家
几乎不讲话

来了个客人
忽然闹盈盈了

大家都讲话
同时讲同样的话

色　论

淡橙红

大男孩用情

容易消褪

新鲜时

里里外外罗密欧

淡绿是小女孩

有点儿不着边际

你索性绿起来算了

粉红缎匹铺开

恍惚香气流溢

那个张爱玲就说了出来

紫自尊，覃思

既紫，不复作他想

黄其实很稚气、横蛮

金黄是帝君
柠檬黄是王子
稻麦黄是古早的人性

蓝，智慧之色
消沉了的热诚
而淡蓝，仿佛在说
又不是我自己要蓝啰

白的无为
压倒性的无为
宽宏大量的杀伐之气

黑保守吗
黑是攻击性的

在绝望中求永生

古铜色是思想家
淡咖啡，平常心
米黄最良善，驯顺

玫瑰红得意非凡
娇艳独步
一副色无旁贷的样子

青莲只顾自己
小家气，妖气

钴蓝是闷闷不乐的君子
多情，独身，安那其

土黄傻，不成其色

朱红比大红年轻

朱红朱在那里不肯红

灰色是旁观色
灰色在偷看别的颜色

大红配大绿
顿起喜感
红也豁出去了
绿也豁出去了

浣花溪归

出成都门

左万里桥

西折，溪流纤秀长曲

如连环，如玦

色如鉴，如琅玕

窈然深碧

潆回城下

皆浣花溪之委也

溪时近时远

篁柏苍苍

隔岸幽森者尽溪

平望似荠

水木清华，神肤洞澈

人家住溪沿

溪蔽不时接

断而复见

如是者数处

缚柴编竹颇具次第

桥塈一亭伫道侧

署：缘江路

逾此，乃武侯祠

前跨溪，板梁一

覆以水槛

仰睹"浣花溪"题榜

有小洲横陈波间，溪周之

其上又亭，额"百花溪水"

过梵安寺

杜工部祠在焉

像清古

不必求肖

又石刻像一，附本传

碑皆弗堪读

杜老二居

浣花清远，东屯险奥

若严公长养

枕流可老

呜呼，夔门一段奇

穷愁奔突

微斯人孰以择胜暇整

殆天意之勖凌绝顶

悲夫，壮哉

万历辛亥十月十七日

初欲雨，顷之霁

使客游者监司郡邑招饮

冠盖稠浊，磬折喧溢

迫暮促归，纷沓如溃

是日晨，偶然独往

楚人钟伯敬也

　　昔予尝选谭元春散句成《明人秋色》篇（见《巴珑》集），二三子以为得未曾有，仆敢不避席，盖竟陵专主灵峭，逼之更上层楼，以期境界躔出耳。今及钟惺游记，似不若元春之憨娈神飞，而峻切处亦难为怀。又钟与谭同辑《古诗归》《唐诗归》，本篇从之曰"浣花溪归"。

夏日山居

遍地悬铃木

树叶杂花横生

紫檀，木兰，石榴

扇形的棕榈

油润润的乌桕

朝暾初升

小丘上阳光已很强烈

芬芳的雾闪着兰晕

林薮蓊郁，群峦后

终年积雪的巍巍高峰

归来时不免要经过集市

暑气蒸腾，买卖兴旺

干粪块作燃料的烟味中

拥挤着各族山民

昂藏的马，谦卑的驴

切尔克斯人从容不迫

曳地的黑袍

赫红平底靴

玄色缠头下

不时射出鸷鸟般的目光

早餐天天是煎鱼

白葡萄酒，核桃仁和水果

餐后，开始闷热起来

关上百页窗，昏沉

窗隙射进一束束金辉

隔着悬崖上的刺山柑

眺望紫罗兰色的海水

每当夕阳西下

海上堆起豪华的云彩

一幕无声的壮丽歌剧

夜是燠热黑暗的
火萤飘着橙黄的光
树蛙发出玉磬般的鸣声
待到眼睛熟习于黑暗
隐约望见空中的山脊和星斗

灯塔中的画家

保罗·加利科

埃塞克斯沿海地带

有个采殖牡蛎的村庄

大片沼泽，长满青草芦苇

近海，渐渐变为盐碱滩

烂泥中焯水留下许多小池潭

全英格兰如此荒凉的去处已不多见

1930 年春末，爱尔德河口

我买了这座被遗弃的灯塔

也买了好几亩沙滩

每隔一星期，到切姆伯里小村

购齐日用必需品

村民们叫我"灯塔中的画家"

但我还有一艘船，十六英尺长

我能熟练地驾驶操纵

在狂风中难以应对时

就靠我一口牙，咬住绳索

牵引调整帆片的角度

另外，驯养在栅栏中的是大雁

年年十月，雁群从冰岛飞来

从斯匹次卑尔根群岛飞来

遮天蔽日，一片喧闹声

我常把它们的翼尖剪掉

使它们留下，为别的野鸟作告示

"这里有食物和安全，宜于过冬"

春来了，翅羽复原

它们要赶赴北国的召唤

秋风飒爽，它们又回归

绕着灯塔盘旋盘旋

大叫不休，然后在附近降落

我虽也画它们

更要画的是盐碱地的荒芜凄凉

风吹弯了高高的芦苇

水潭反映着天光，很亮

偶尔对镜画自己，一脸诚实

只有画灯塔的内部和外观

才是我最大的娱乐

当然，但凡去年来过的鸟

清清楚楚，一看就认得

那是我更大的幸福

波斯王卡斯宾

Caspian

我的儿啊

你要记住

不管爱上什么人

都不要放纵

从你肉中射出的精

是你的魂

一年容易

春季最好

夏令爱男子

冬天爱少女

秋高气爽爱自己

荷　兰

水之国

花之国

牧场之国

条条运河间的绿草低地

黑白奶牛

牛犊像贵夫人

老牛像大家长

——这是荷兰

白色的绵羊

天堂般的青翠草地

乌猪成群呼噜

像是对什么都表示赞同

成千上万的小鸡，长毛山羊

没有一个人影

——这是荷兰

傍晚

有人驾着小船来

坐在板凳上挤牛奶

西天金色的晚霞

远处汽笛声

一片寂静

挤奶者默不作声

——这是荷兰

装满奶桶的船缓缓航行

汽车，火车

载着牛奶运往城市

狗不吠，牛不鸣

马不踢厩栏

黑漆的夜晚

几座灯塔发着微弱的光芒

——这是荷兰

面　包

这家分店的全麦面包就有十七八种
莓干、肉桂、葡萄干作配角，味道不同
法国棍子面包长长短短立在大木桶中
它们出炉不久，热烘烘，香气扑鼻而沁胸
意大利面包朴实端庄，一个叠一个
离它们不远的是方正贤良的 ciabatta
浑圆，涂了蜂蜜的 challah，东欧人赖以为生
顾客们一眼扫过便知意大利面包的地位崇高
不容多想，粗黑的裸麦面包浩浩然上架了
它们不像普通店里被一律切成薄片
整个儿的圆，胖嘟嘟的 Rye，可见这里的人
还是将面包撕成小块，蘸了奶油来吃的
烘烤房的大铝门开了，原有的气味败散了
只见一位双颊鲜红的女面包师捧着大托盘
她笑着说：我这是"爱尔兰梳打"，啊久违了

多香啊，不记得多久以前吃到过的哪

剁碎的葡萄干丁，闻起来，夏日的花香

本来是爱尔兰家家必备的啊，"爱尔兰梳打"

寂　寞

法斯宾德的朋友
陪他到坎城参加影展

法斯宾德一瓶又一瓶喝威士忌
半夜，还要别人到他房里来共饮

朋友不接电话，凌晨三点四点了
法斯宾德走过去敲门

敲门声音之大
使人不得不开

法斯宾德站在门口吼道
你们根本不知道什么叫寂寞

唯音乐如故

滨海木屋

草毯，藤椅

石桌上瓷盆陶罐

竹帘长垂不起

巴昔弗尔序曲

佛朗克D小调

携来百合花，素白

之子肤色如青铜

犷野而贞洁

夭矫善盘谑

既夷既怿如相丁酬矣

公尸未止熏熏

那种夜说长好长

说短诚然太短

那种黎明悫已悫极

猛烈又怎生猛烈

床上早餐吃什么

已经快正午了

总以为一生就这样下去

哪知身在异国聆及音乐

天人长暌，永诀

唯序曲、D小调淼淼如故

　　Les Nourritures Terrestres 1942年的中文译本是在重庆出版的，纸质黄糙，铅印模糊，而战地的奈带奈蔼读来受惠尤多：忧郁是消沉了的热诚，智者是对一切都发生惊异的人，"担当人性中最大的可能"这是一个好公式——供少年阅读的书，早也无用迟也无用，幸好在少年得到，此后醍醐师友一场，尼采是威士忌，纪德是葡萄酒。

1981

Parma

帕尔马

米兰与罗马之间

悠静，俨然中世纪

托斯卡尼尼生在这里

帕格尼尼安葬在这里

每届明月当空

午夜之钟响过了

陵园传来小提琴声

是二十四首随想曲吧

不，从来未曾听到过的

二十世纪的最后一天

西班牙

楚帕恰普斯棒棒糖

不停地滚转而出

千百种情趣，迎合各国口味

斯洛伐克的

苏慕娃在英国超级市场

从货架上拿起两包泰国的泡面

南太平洋吐瓦鲁

当局必须卖出网路国别网域名称

才能筹得四百万美元的造路经费

西非的多哥

街头小贩冲来冲去

兜售肯尼·罗吉斯的 CD 专辑

黎明

美国缅因州

波特兰滨海工厂

韩利在为不讨喜的

北美的安康鱼内脏过磅

内脏的目的地

一万六千公里外的日本

日本人酷嗜这种鱼的肝腑

土耳其

南部库库洛瓦平原

农民种植 Cotton

卖到美国去

巴黎人不再盖羽绒被

他们要埃及棉絮

香港　卡内基酒吧

姓温的小姐在餐桌间穿梭

怂恿男士们

一瓶又一瓶喝嘉士伯啤酒

中国大陆制造的

温小姐为丹麦公司服务

巴基斯坦　白夏瓦

老市集

里亚兹跨过阴沟走向商店

换钞机旁放着一只钢质保险柜

里面堆着许多美钞

巴黎—法兰克福

火车直达

晚十一时启程

翌日八时到埠

是否要甜点

明天早餐如何

鸡蛋煎一面、两面

那种果汁

那种面包

火腿呢

有无要报关的物件

有则将护照付之

车厢是小房间

盥洗室，床

被褥白如新雪

鹅绒枕像婴儿的面颊

次晨，早餐至

银盘边上放着护照

平凡的旅程

别处就做不称心

这一切

都是拜个人主义之赐

个人主义是

把每个人都当作诗人来对待

乙

辑

找一个情敌比找一个情人还要难

女孩拢头发时斜眼一笑很好看

男孩系球鞋带而抬头说话很好看

还有　那种喜鹊叫客人到的童年

像哈代一样非常厌恶别人为我写传记

冰是睡熟了的水

给我的自由愈多　我用的自由愈少

彼癣而不洁　此洁而不癣

玄妙的话题在浅白的对答中辱没了

吾民吾土　吾民何其土耶

创作是父性的　翻译是母性的

天才是被另一个天才发现的

新买来的家具　像是客人

结伴旅行　比平居更见性情

我不树敌　敌自树

街角的寒风比野地的寒风尤为悲凉

遇事多与自己商量

一个人　随便走几步　性格毕露

恶人闲不住

老于世故　不就是成熟

乏辩才者工谗言

别碰　油漆未干的新贵

第一个发明刮耳光的人多有才气

彼者　作为遗老不够老　作为遗少不够遗

我们也曾有过黑暗的青春

懂得树　就懂得贝多芬

哲学　到头来表现了哲学家的性格

我不好斗　只好胜

其实孤独感是一种快感

好事坏事　过后谈起来都很罗曼蒂克

也有一种淡淡的鱼肚白色的华丽

唐诗下酒　宋词伴茶

怀表比手表性感

信投入邮筒　似乎已到了收信人手里

常见人家在那里庆祝失败

有的书　读了便成文盲

海上的早晨　好大好大的早晨

自身有戾气者　往往不得善终

你背后有个微笑的我

你是庖丁解牛不见全牛　我是庖丁解牛不见庖丁

至今　邻家的敲门声　犹使我吃惊

性格极好　脾气极坏　微斯人吾谁与归

春之神是步行而来的

昔者我为长者讳　今也我为少者讳

凡倡言雅俗共赏者　结果都落得俗不可耐

爱孩子　尤爱孩子气的成人

你再不来　我要下雪了

从未在梦中吃到美味的东西

我们不会有呼天抢地的快乐

下午总比上午聪明

不知其人观其床

任何一种考试　我都感到屈辱

初生之犊不怕翻译虎

我的童年　祖辈苍劲的咳嗽声

畸恋止于智者

天使不洗碗

世上多的是不读孔孟的儒家

一声喷嚏见性格

蠢　都是资深的

君子忧道亦忧贫

世界是一口钟　敲在任何地方　都会响的

每个人的童年都没有玩够

他爱艺术　艺术不爱他

或者　我善于用思想去感觉

善而俗　其善出于其俗　不足多慕

十月小阳春　走访旧情人的天气

我曾见的　莎士比亚无邻居

柔情附丽于侠骨

僧道不棋　棋机心也

高逸不棋　计无操　徒逞黠智耳

名将不棋　运兵运其心　棋子木石也

自然界已开始鄙视人类

泰晤士河畔浮埠上喝啤酒　望之一色是商人

毋王　王者相足矣

人在江湖身由己　曲逢周郎弦不误

回中国　故居的房门一开　那个去国前夕的我迎
将出来

无审美力者必无情

从前的那个我　如果来找现在的我　会得到很好
的款待

久别重逢　那种漠然的紧张

众神消亡　以希腊的神死得最安详

米开朗基罗的世界是个雄世界

我是 Oak

历史是一条它自己会走的路

像火车铁轨边的蔓草那样的一生呵

十九世纪所寄望的可不是二十世纪那样子

一夜透雨　寒意沁胸　我秋天了

智慧是剑锋　才华是剑气　品德是剑柄

孔丘自视极高　以为没什么人能看穿他

艺术在完成之前什么也不是

达·芬奇内心的秘密根本不写进他的笔记里

米开朗基罗画稿也不多留　这种吝啬才高贵

行文宜柔静　予素未作掷地金石声想

花已不香了　人装出闻嗅的样子

我少年时　花还都很香　不同的香

精神王国无宫廷政变可言

悲　喜　都含有一点传奇性

相人相骨　且看多少人俗骨牵牵

神祇仙家也要上班值日　那就算了

上海话的"呆佬"倒是元朝的俗语

时代容易把人抛　绿了樱桃　红了芭蕉

黎明　天上几朵嫩云

长文显气度 短句见骨子 不长不短逞风韵

普希金的"秘密日记"大有深意 他自己是不知道的

好像《红楼梦》这部书是红学家写的

人类是一种喜欢看戏的动物

中国文化博大精深 只有用颠覆的姿态才能
继承

思想家一醉而成诗人 一怒而成舞蹈家

哥儿们聚吃一顿涮羊肉就算赴汤蹈火了

我的存在已经是礼节性的存在

在"桃园三结义"中你演什么角色 我演桃花

忧来无方　但是也有乐不可支呀

岂只是艺术家孤独　艺术品更孤独

读者应是比作者更高明　至少在一刹那间

我之为我　只在异人处

个性强好　已近乎天才了

李商隐白璧微瑕唯在《骄儿》一诗

美国人喜欢色彩　因为美国人不懂色彩

鹰滑翔的时候　是它思想的时候

高僧预知死期　狮象亦然

男子从颈到肩的斜度　正是希腊神庙破风的斜度

这也不过是独立苍茫万家灯火的十五分钟

春秋佳日　游客如蝗

大观园招宴　红学家还是不赴为妙　要行令联句
的哩

风把地上的落叶吹起来　像是补充了一句话

汉王笑谢曰　吾宁斗智　巧克力

少年人都是毫无准备地发育发情了

我一生没有得到谁的鼓励

如果你真能领会红宝石蓝宝石的意思　你就不会
堕落

矿物是宇宙语言　植物是人间语言

我常与钻石宝石倾谈良久

汉玉　品德

翡翠　春心

珍珠　凝思

铜　诚恳

铁　没有幽默感

锡　傭仆

花岗石　非常自信

大理石　静止的倜傥风流

陶器　到此地步　喜出望外

瓷器　中国的死灵魂

漆器　精明能干　体贴忠心

木器　鞠躬尽瘁 朽而后已

竹器　随你怎样弄　它总能保持个性

布　安之若素

绸　自命不凡

缎　屏息的傲气

锦　忙于叙情

绫　轻佻　但还老实

罗　想通了什么似的

纱　装作出世离尘

丝绒　充满自信

羊毛呢　沉着有大志　大志若呢

灯芯绒　永远不过时

卡其　世界是它们的

牛仔裤　亚当本色

石洗蓝布　后来居上　平民的王者相

梯形裤　每代新人都要穿一遍

绝无幽默感的人　是罪人

禽兽交媾不浪漫　哺育期有柔情

提倡幽默　是最不幽默的事

主啊　兄弟得罪我　原谅他七次够了么　主说
已经不是兄弟了

论衣食住行　古代才享受

把寄与他人的希望收回来放在自己身上　倒也温
馨

俄罗斯人殚精竭力地思想　俄罗斯无论如何不出
思想家

行人匆匆　全不知路上发生过的悲欢离合

走在老街上　我不来　街上是没有这些往事的

桥　远远望去便有坚定淡漠的使命感

如果拿破仑与贝多芬会面　贝多芬是不让的

没有第二自然　也没有第二人性

我回过头去对十九世纪说　我们不该是二十世纪

二战烽火中　唱"再会吧巴黎"　真叫感动

也许唯有我知悉何以尼采尤其留连威尼斯

尼采的思想是接得下去的思想

我曾见普希金的九世孙　痴肥　块肉余生记

我曾在纽约的地铁中晤及意大利梅提西家族后裔

要有多么好的心情才能抵御十一月的阴雨天气

对爱情的绝望　还只是对人性的绝望的悄然一角

春夏秋冬　我不忍说哪个季节最佳

孩子们在玩耍　健美机敏那个是王

先秦诸子　雅好比喻　固在乎明理　亦私心乐事
也

故国市街　人都陌生　一阵阵风全是往前的风

二十世纪末　爱情死了已久了

哲思　性欲　竟是同一源头

见李商隐赞杜牧诗　心就静下来

直道相思了无益　且作新狂解旧狂

心之所以沉重　其中立满了墓碑

炽烈爱过　难再爱　陀思妥耶夫斯基说

我贪看青年们的天性在我面前水流花放

方言　比什么都顽强

惊世骇俗　就是在媚俗

练习的时候是你爱艺术　创作的时候是艺术爱你

越是高贵的地方　他越显得高贵

在任何异端的面前　他都是异端

人生可以宽厚　艺术绝对势利

音乐波路壮阔　音乐家旅途贫辛

艺术家凭内心无尽的剧情而创作

必要是不露声色的唯美主义者才可能是朋友

希腊神话就这一点错　复仇女神应该是美丽的

梵蒂冈中心的那四根螺旋上升的大柱　非常之异
教色彩

武器之遭递　即人心之遭递

平安夜　梵蒂冈做弥撒的大纲细节　都是耶稣所
反对的

我所知的人性　也就是莎士比亚所知的人性

雪飘下来　我是雪呀　我是雪呀

燃烛　独对雕像　夜夜文艺复兴

巫　是人文之始　后来的人文排除了巫而每与巫对立

俗事俗物可耐　俗人不可耐

汉族是有极大可塑性的种族　却也因而被塑坏了

天鹅谈飞行术　麻雀说哪有这么多的讲究

玩物丧志　其志小　志大者玩物养志

门无风而自开的那种夜晚

我兄弟　你好在有一股豪气一派静气

给他们面子是我自己要面子

冬日市郊小街　暗下来是傍晚　再暗就夜了

孔丘的学生中　我喜欢子路

文艺之神管成功　命运之神管成名

脑吃了一惊　心跳了一下　心为主么

瓦格纳承认这个世界　尼采不承这个世界

落魄英雄最可爱

一阵小雨过后　池塘分外澄碧

噢　惠特曼的《草叶集》原来是有寓意的

思想是抽象的感觉呀

食物的香味　它们自己很得意洋洋似的

战争的大命运中尚有各人的小命运

连朝大雪　初霁　鸟叫无力

其实幽默是最不宜黑色的

爱情是天才行为　早已失传了

长不大的牛犊一直不怕虎

一次又一次觉得　灵智比肉欲要性感得多

烈风　晴空　水手们的肩背

思想像拉管　只要不断　越拉越细

衣的翻领是一个重要的表情

智慧是海水　幽默是浪花

金属的亮光　好像是一种不倦的热诚

我保持着一些很好的坏习惯

风情万种的禁欲生涯

墙上藤萝布满新叶　一派春之军威

烛光　静静对谈　他的神色益发俊朗

岁月不饶人　我亦未曾饶过岁月

极讨厌梦里的那个我　白痴似的

即使伟大也是乞丐　即使乞丐也是伟大

世界上最神秘的是镜子

人类是包法利　艺术家是包法利夫人

担当人性中最大的可能的是耶稣

文化断层中出现极具前瞻性的返祖现象是可能的

知己一已足　情侣百未阑

爱情　幻想出来的幻想

每见兵法家在保护自身这一点上忘了韬晦

说大话者惯贪小便宜

人是在等人的时候老下去的

桃花太红李太白　杨公下忌柳下惠

王济癖马　和峤癖钱　杜预癖《左传》　余得钱买马　马上读《左传》

三传中　《左氏春秋》好就好在不传大义微言　特以记事胜千古

夏晚阳台上　美国的风吹给我中国的往事

我之于酒　兴高于量　陶然而不醉

择友三试　试之以酒　试之以财　试之以同逛博物馆

友谊也有蜜月

蔼蔼堂前林　中夏贮清阴　贮字唯陶公得之

整装赴英伦　选的几条领带都是三十年代的

谢灵运惯用媚字　固媚

英国人的智慧消耗于薄物细故片言只字上　以致
不出大思想家

伪善　必要自觉才伪得起来　故尤可恶

牛津的建筑和环境甚美　学生等于在教堂中上课

人有命和运　那末动物呢

越是现象复杂的事物　本质越简单

滋味最浓的胜　是反败为胜的胜

雾中的丘陵　还未显出青绿　鹧鸪声声　英伦的
早晨

在我的文章中　看到"我"字　多半不是我

你的口唇极美　可惜你自己不能吻它

我的情人分两类　草本情人　木本情人

暴徒处死　暴徒的一身壮丽的肌肉是无辜的

乡绅入城　阿狗改名

蒙娜丽莎是达·芬奇的自画像　"若为女　当如是"

艺术的意思是叫你做艺术家

下笔如有神　不若下笔如有人

陶器思无邪　瓷器志竟成

寻耐味人

当海涅与哥德顶撞起来时　我在海涅这一边

魏晋人健谈　书简寥寥数行　所以好

雷　风　自然界真是把春天当一回事的

从来就知道是感觉性的思想最好

想起杜牧　我微微笑　他会写诗

全唐诗还是杜甫第一　万国兵前草木风

古典的好诗都是具有现代性的

愚夫的背后　必有一位愚妇

你强　强在你不爱我　我弱　弱在我爱你

花的香是形而上的

我眺望秋的叶林　那末我真是太久不与自然同在了

艺术而不艺术　就什么也不是

艺术的极致竟然是道德　以音乐表现出来的道德

艺术是从来也不着急的

善与恶对立吗　善好像与伪善对立

快乐来了　我总是像个病人那样地接待快乐

历史是家教

绝色美貌是看不清看不准看不完的

文章令人拍手　不若令人顿足

曹雪芹是把自己的性格分给了宝玉黛玉的

幸亏我是艺术家　可以不顾艺术理论

我所秉持的道德力量　纯从音乐中来

树啊　水啊　都很悲伤的　它们忍得住就是了

莫扎特如果不知道自己伟大　怎可能如此伟大呢

圣经旧约有三百多处预言基督的降生　这就害了
耶稣

戴高乐机场旁边的那片柔绿草地　不能不佩服

我爱好诗人　所以对坏诗人特别恨

本来巴黎是可以值两个弥撒的

这不是思想　这是情操

魏晋风度有两种　狭义的　广义的

我是读者的读者呀

是你们在那里星光灿烂　我这里总是暗淡寂　寞的

从明亮处想　死　是不再疲劳的意思

果子成熟　不是果子老了

你使我感到分外的满足和虚空

他是什么　他有高深莫测的通俗性

他是一个饱经沧桑的少年人

看人看其头脑　才能　心肠

我写《上海赋》的意思是　俗可俗　非常俗

看《上海赋》　看作者是否昂藏慈悲罢了

当不再有肉体时　也就没有疲劳

畏为良相　懒为良医　愿为良民与良人共度　良宵

世上多的是无缘之缘

先忍受　后享受

肖邦的音乐有一种私人性　故尤难为怀

与其说绝望和希望　不如说有对象的慈悲和无对
象的慈悲

　　纽约纽约　你也老了　我一住二十四年

　　据说　我们对修佩尔特的赞美还远远不够

　　我觉得坐在书桌前一如坐在钢琴前

　　成也是海　败也是海　海是帆船的致命情人

　　男宗夫如何　须括青未了

　　找不到理想　可以找个人来寄托你的理想

　　非君子则小人矣

　　就此快快乐乐地苦度光阴

眉山东坡什么都能入诗　大谬

倪瓒的"一出声便俗"　他用于一时　我用了　一世

你二十出头了　颈上还有奶花香

伟大的作品等待伟大的读者

现象世界是复色的　观念世界是单色的　好像是这样

感谢你如此诚恳地欺骗了我

我不是牛　已经是牛排了

相敬如冰

文学是一字一字地救出自己　书法是一笔一笔地

救出自己

艺术没有抱歉　艺术没有原谅

兵以正合　以奇胜　文以奇胜　以正合

予不嗜甘　而苦尽甘来之甘　嗜之

男男女女　美者未必有美足　故美足尤贵

玫瑰一愿　愿与莫扎特的音乐共存亡

潮平　海水要睡觉了　我儿时是这样想的

轻柔的谈吐　心似深山流泉

眼会疲倦　眉不疲倦

眉是定型而静态的　眉一旦动起来比眼还迷人

夏日将尽　一路蝉噪　二十年前这个时候来美国的

现代人车车而车于车了

长途驾车是不人道的

受辱实多者　容易受宠若惊

他们的文学史就是　排排坐吃果果

魏晋风度　不是个智商问题

唐伯虎那种不计怨仇的天性　真是良善到可耻

君不见既成现成的宗教哲学都是极小家气的么

宇宙无人文　奈何以人文释之

人对宇宙　无态度可取无情操可言

或者　我不过是善于用思想去感觉罢了

由贫穷而构成的一点浪漫　予决不求人苟同

论痴　仆居三　一晏叔原　二唐子畏

写论文　不要想到你的论敌

春天应该是晴　你说呢

没什么　不过我在想念你罢了

也有不少尚未看过我的书的读者

畴昔人情如远山　淡而见其巅

酒使我陶然　烟使我卓然

强烈的爱　开始会忘了性因素

口才一流　废话百出

眼看他若有神助似的堕落了

噩运好运　都有云里雾里之感

我看见了什么呢　我看见人们的兴奋和疲倦　都是错的

世界是雌的　米开朗基罗造了一个雄世界

从前教师常罚学生立壁角　这些小小的达摩多可爱

暗暗受苦　默默享乐

忽有谈话的欲望　环顾阒无一人

我有十二年不说话的黄金记录

到了泰晤士河畔　忆起五十年前很想在泰晤士河畔走走

治安一天天坏下去　王道乐土的瑞士

他有不少开一只眼闭一只眼的知心朋友

我怎好意思走近那个少年的我呢　他一定受不了我的善意

识时务　不如识俊杰

会当身由己　婉转入江湖

我时常代人回忆

除了高寿而一事无成者　称人瑞岂不羞死

也有爱情的门外汉

繁密的雨声　很有作为似的

关塞极天唯鸟道　江湖满地一渔翁　勃拉姆斯同调

性欲是裸体的　爱情是穿衣裳的

看上去倒不像个骗子　这就是骗子

欧洲中心论是不智之论　欧洲意味着是中心就很
好了

意味着的中心　比坚持着的中心更有中心作用

人与艺术的关系也是意味着的关系

艺术家都是自我拓荒者

淡淡地浓　浓浓地淡　人情味是这样的

植物开完花以后都露着倦意

爱情　要看是谁的爱情

无审美力是绝症　知识学问救不了

人一入名流　便不足观

自己模仿自己　失去了自己

很多事　是我单方面引以为怪的奇事

教会中人只写忏悔录不写回忆录

赌气会产生一种很强的力量

生活中　我让　不贤也让　艺术上　不让　贤也不让

骗子是与你面对面的贼

第一阵凉意　在说　我不是夏尾　我是秋首

夕照　灰瓦顶上一层淡红暗下去了

漫游世界　随时仰见中国的云天

我的自信是可与人共的

艺术是一种爱的行为　爱"爱"的行为

自重　是看得起别人的意思

八尺龙须方锦褥　已凉天气未寒时　拉凡尔、德

彪西近之

哥德七十四岁犹动情　到底是哥德

君子难近乎　远小人则君子近焉

我习惯于幸灾乐祸地看自己

命运之神　真是为谁辛苦为谁忙

友谊的蜜月过去了　我常有这种感叹

公园里　坐着看月亮的老女人

吱的一声　蝉被雀子啣住了　我的感觉是蝉

绅士淑女钗光鬓影　我只愿在威尼斯暗夜小巷独步

花香的褪淡消失　是严厉的警告

214

契诃夫是医生　从不诉说他有病　他妈妈也不知道

我回来了　我将盾牌放在神殿的石阶上

叩门声是很有表情的

等人　总是蠢

诗人写离骚　学者作离骚草木疏

我追索人心的深度　却看到了人心的浅薄

礼貌实质是一种俏皮

礼貌　就是意在言外

我最瞧不起少年时期的我　良善到可耻

教堂的尖顶越到上端用的材料越少了

静的旁边是静

十一月中旬　晴暖如春　明明指的是爱情

谋事在人成事在天　是演技派

才华十倍于你　功力百倍于你　我爱你

畴昔之夜　贵重衣料　保守裁剪　戴一只杀手铜似的独粒头钻戒

世界乱　书桌不乱

机智幽默亦无聊　不过其他的更无聊

他们以为警察说的就是警句

那些演唐明皇拿破仑的人　小时候算命都说是要
称帝的

有些事我乐观其成　有些事我乐观其不成

敦诚、敦敏为曹霑之友　如果换了叔本华和尼采呢

从前的上海还有弄堂国士小报文豪　现在连这种
脚色也没有了

仿红楼梦菜目　到兰亭去集会　这就叫文化断层

她慧眼锦口　其作品总有一种落落大方的小家气

能体会到寂寞也是一种戏剧性时　就好

年轻时已能耐寂寞　是我仅有的一点过人之处

绝交养气　失恋励志

我迟去了六十年　英国已不那末英国了

幸亏我没生在唐朝宋代　否则五绝七律长调小令如何得了

负心人负了我之后还会去负别人　我平静下来

我的情人因自己美得足够故而不计较我的丑

监狱的墙上不挂画

美食是偶然的　即兴的　可一而不可再的

法国美食族向往中国四川风味　结局是心有余舌不足

很怕英伦的假贵族　三分幽默　三十三分笑

钱财如乐器 不谙奏弄亦枉然

精神与财富对立 文化是谁也没有继承权

以前的海派只做不讲 一上口 就算不得海派了

浩劫后 到广州 夜闻"何日君再来" 时光活活倒流

若以"海派"为夸 实属海派幼稚病

耶稣推翻法利赛人的桌子 桌子变成摩天楼

先要把别人的不义而富且贵看得如浮云吧

伦敦夏日的旧货市场 也是一种平面地狱

又回家了 回别人的家了

旅馆中的一切陈设　无非告诉你此处非君家

乡愿　艺术之贼也

再好的旅馆也只可小憩不足深眠

通红的炉火与纯青的炉火是谈不投机的

从欧陆回美国　我像海涅般地一肚子不合时宜

高段的写实主义　写实是个借口

故知人不可苟固守　亦不可徒漂泊

欧罗巴　仍然证见我所思有据所爱不谬

琳琅满目的纪念品　记念一个查无实据的莎士比亚

不由衷的笑　附和性的笑　如此累人

可悲的是眼看友人迷失本性　更可悲的是也许这正是他的本性

艺术的神圣也许就在于容得下种种曲解误解

我快乐吗　噢我忍耐着不让自己不快乐

思想可有可无　感觉却是生命

人与世界是感觉着的关系

是那个自以为能永恒的这样一个观念　世世代代欺骗着艺术家

要么你是艺术　要么我是艺术　不会两者都是两者都不是

坐听别人说大话夸海口　我有一种身在曹营心在

汉的感觉

你草莽　不英雄

我已忍了庄周尼采决不肯忍的东西

庸俗已近恶俗　恶俗就是恶

化蝶后　莫作蛹中态

悄悄地继往开来　何必弄到皇皇的空前绝后

与神学对立　哲学方才出　否则既有今日何必当初

智者生涯　天天愚人节

艺术家凭什么创作　狮虎在黑夜中眼睛发亮

独坐厨房剥豆子　脉脉斜阳　思接千载视通万里

小有才气　反而显得小家子气

天堂地狱之虚妄　在于永乐则无所谓乐　永苦则
不觉得苦

有一种立场　可以称之为贝多芬立场

越来越觉出无祸便是福的深意来了

JAZZ 是一条界线　古典的浪漫的音乐到此　为止

杜甫能写到"盗贼本王臣"也真是够高了

在我面前　你永远无过失

每次你来了　我总有大难不死之感

那种宽衣解带脱手表的夜晚

纯乎私人性的作品就不是艺术

小的罗曼蒂克适宜人性　大的罗曼蒂克要死人的

诗写到极顶好时就成了不白之冤

现实主义充满教条时是最不现实的

感谢福楼拜曾比教育莫泊桑更为严厉地教育 过我

美无性别　若有性别则是性不是美

镜子　是上帝意想不到的

小失败　有目共睹　大失败　还以为是成功了

喜　笑　怒　不骂

李耳之水　庄周之木　耶稣的百合花　巴斯卡的
芦苇　康德的星　皆无逻辑可循　却是绝妙的修辞

我喜欢冷冷清清地热闹一番

一切可能　以致一切不可能

换了新浴缸　临入水　有点不好意思

赴欧陆之前　我已闻到它们各国不同的气味

不动　最好像金字塔那样地不动

种种神童　就是没有哲学神童

你见过上帝的鞋子吗

路边的树干上　倚着一根手杖

市桥人不识　相逢月色新

魏晋风度　只在灯火阑珊处

毫无目标地寻找我心爱的东西

远洋轮船甲板上的独来独往

生活最佳状态是冷冷清清地风风火火

谁也不懂天上的星　谁都喜欢看星星

俳句结集　大有火树银花之感

小雪　不佩服

春雨绵绵　有什么难言之隐

脱出宗教然后可以语哲学

脱出哲学然后可以语艺术

南黑森林的农民劝海德格尔别去柏林大学讲课

张之洞中熊十力　齐如山外马一浮

该有一篇童话　写单只袜子的哀史

正常的倦意是很享受的

我是悲观主义么　我何止是悲观主义

修辞思维含有极大的游戏性

万念俱灰也是一种超脱

你爱文学　将来文学会爱你

清澈的读者便是浓郁的朋友

眼睡了　眉是不睡的

郁李粉桃　这样形容人是很有意思的

日落西山　小哈代说　一天又过去了

这明明是暗箭伤人哟

今天下午就是今天上午的未来

留得好记忆　便是永恒

枕头两面都热了　阿赫玛托娃是这样写的

像肖邦者绝非肖邦

德国人至今仍尊爱树　贝多芬传统

欧陆诸国每接邻　天空却不一样

刚拥抱过　我相信　俄顷又忧心忡忡了

如果世界上只有一棵树　那有多宝贵啊

英伦阴天　因为是阴天的英伦

十九岁的人　竟说我不入地狱谁入地狱

雪吸音　故雪夕异静

有一种静　静得像个人　对着我静

我书固劣劣　不愿作人枕边书

我乐意得"司汤达综合症"　不过是要轻度的

齐国鲁国都有我的读者　齐鲁青未了

脸笨　眼睛聪明　那就是聪明了

他们是路灯　我是萤火虫

慈悲实出于无奈

暖意　凉意　很好受的

我是一个吃苦耐劳的享乐主义者

离开佛罗伦萨并不是告别艺术　艺术就是这
点好

狂疾　是从失去分寸感开始的

苟日新　又日新　唯牛仔裤而已矣

一连隔着好几条代沟　像梯田

僧来看佛面　我去折梅花

写出一个疑题时　包含着可能有的答案　文学是
这样的

思想复杂　头脑简单　彼哉彼哉

北京话把私生活称为"小日子"　怪可怜见的

"走人"将主体客体混合使用　妙

孟德斯鸠可以从早到晚保持明净的心境

世事凡有胜者　皆胜于策略

杳无一人的游泳池　好像是个错误

那种静　好像全是为了我似的静

论及哲学　我总有瓜田李下的顾忌

不到一百年　汉人失落了汉语汉文

贪吃家乡食品　是咀嚼童年呀

似成名非成名　这种状态最佳

论诗　予廓然无师　徒沉醉耳

我赞叹的是　《四福音书》和《高卢战记》

微风可爱　微风是神的话语

其实每一次恋都是初恋

所谓世界　不过是一条一条的街

任何花　含苞欲放时皆具庄严相

诗有法　诗无作法

书房的窗外一株树　文学树

艺术是无对象的慈悲

尼采已开始怀疑慈悲的对象

解释神秘是为了使神秘更其神秘

我最感兴趣的是人　人人人人人人人

陀思妥耶夫斯基在稿纸四边画满了人脸

我也曾猝倒在洪大的幸福中

看其思想　不如看其性格

我讨厌肉麻　不过不麻就没有肉了

和光　不同尘

把自己的生命含在自己的嘴里以度过难关

不自由　就是不自然

不自然　就是不自由

你笑起来的笑　真笑

那些摇摆的树枝　就是我呀就是我呀

微笑与狂笑的区别实在太大了

负心　不奇　奇的是负心之前的一片真心

兰波写好了的句子固好　写坏了的句子亦葱茏可爱

你常常美得使我看不清

十九世纪花香随风飘散一千两百米　而今至多三百米就闻不到了

生与死是不对称的　不可比拟的

读者千千万　作者只一个　怎能面面俱到

尽我一生　所遇皆属无缘之缘

所谓"八公山上　草木皆兵"　纯乎是谢安的修辞思维了

也不过是挥金似土一钱如命地过了这辈子

提前穿夏装的人好像并不坏

你将在我不断的赞美中成长

一切可能　岂非就是一切不可能

不以成败论爱情

吻　消释了疑虑

不会思想的人的思想是可怕的

他是什么　比他做了什么　更令人神往　勃兰兑斯是这样评尼采的

荣誉带来愉悦　更多的却是感慨

等待高尚伟大的读者　当他出现时　我就不再卑污渺小了

凡是我看不起的人　我总要多看两眼

那种吃苦也像享乐似的岁月　便叫青春

十足的艺术已打不动人　我用的是七分艺术三分
魔术

礼失　求之野　野失　求之洋

他平平淡淡地学问好得要命

那末亚当是上帝创作的艺术品

你的眼率领着你的脸　你的脸率领你的身

我喜读叶赛宁的诗了　因为我付出的是慈爱

当时就有人说莱蒙托夫才高普希金

普希金是俄文的莫扎特

我不是　叶赛宁才是最后一个田园诗人

可惜的事物其实是可恨　不过说得客气点罢了

父莱因　母伏尔加　我们在小学课本上就读到

安徒生被选为最伟大的丹麦人　一二一二一二

塞尚晴

无风达·芬奇

勃拉姆斯年青时很秀美

思想家　这一称谓好像是取笑　挖苦

感谢上帝　让塞尚知道自己是伟大的

没订约　还是希望你别毁约

往往是还未开始爱　爱已过去了

我差一点点就是无神论　差一点点就是有神论

快乐的种类很多　我取彷徨不能成寐的那种

人脑只能想"有限"　"无限"是人脑不能想的

牧童老了　牛何以堪

在文字功夫上　又要不拘小节　又要注重细节

孟德斯鸠先生呵　也有在悲哀中也不像人的　人呀

我真想对读者说　享受呀　享受呀

文学是动作最小的艺术

芥川龙之介算是溶入西方了　不过也有限

他时不时看看密友赠给他的腕表

情爱的触望　每次不一样　也可说都一样

自杀者都是被杀的

麻木的人都爱说跟着感觉走

与神仙是没有家常可聊的

且入名人录　盖江东父老信度而不信足焉

笑　天赋人权

笑　最后的人权

建筑不许笑　建筑一笑就完了

伟大的笑　只在文学里　以此为文学贺

人与自然最融洽相处的是手工业时代

官瘾即奴瘾

小小的床上　睡着伟大的英雄

孺爱　友爱　性爱　慈爱

北方人的假豪爽　至少还知道豪爽是好的

终于海誓山盟地离了婚

错字是明明白白地错在那里的

贝多芬晚年　生活差堪裕如　这一点也是表率

为何小提琴的极品一出现就无懈可击

坏人说我坏　我感到恢复了名誉

韩非作"郑人买履"　好像是在讽刺汉学家

他呀　尽写些脂粉气十足的道德教训

我有一个花园　这个花园不是我的

写到粗犷处　特别要细腻

溽暑中的都会　雷雨后路面蒸发的气息

上海变了　夜晚衖堂口吹来的风还是这个意思

众声喧哗　总是艺术又失败了　艺术的胜利都是静悄悄的

早年流亡　一路耽读雷马克

别忘杰克·伦敦　在美国没有人提了

美国人非常钦佩契诃夫　我笑笑

再见

后　记

在欧盟各国转游九十天以上才需要签证，若是只求法兰克福待个三四天，拎本美国护照就行了。

飞越大西洋日，伦敦消失，法兰克福出现，机组人员没发任何表格，心里有点痒兮兮。登录一个不设防的国家，独个子步在空荡荡的大厅里，忽而闪出一位武装的女警，满面笑容，问我是否已经到站，然后指点一条捷径，又索性引领我取入关，过程是"你好……再见"——我合法地站在德国的土地上了。

九月法兰克福，晴朗，温暖，许多大型展览，激奋而安详地铺张着。清洁的石子路，摆开桌椅，三三两两的男女，啤酒在阳光下闪着柔润的光，随处可见一人独坐者。

守时，是我的恶习。在德国，约定的时间之前十分钟是准点。

傍晚，歌剧院四门大开，剧场的门也敞开，没有人员主验票，不买票的人不会在剧场里坐下来，后台，也可以随意参观。

一位俊美的男士带我穿过狭窄的通道，看那几位声乐家一边披戏服，一边吊嗓子。

画廊主，餐馆老板，咖啡厅领班都一口流利英语。坐在枫树下的木头长凳上，喝微甜的苹果酒，将香香的腊肠送入口中，我决意在此结束这本诗稿，并题名为《云雀叫了一整天》。